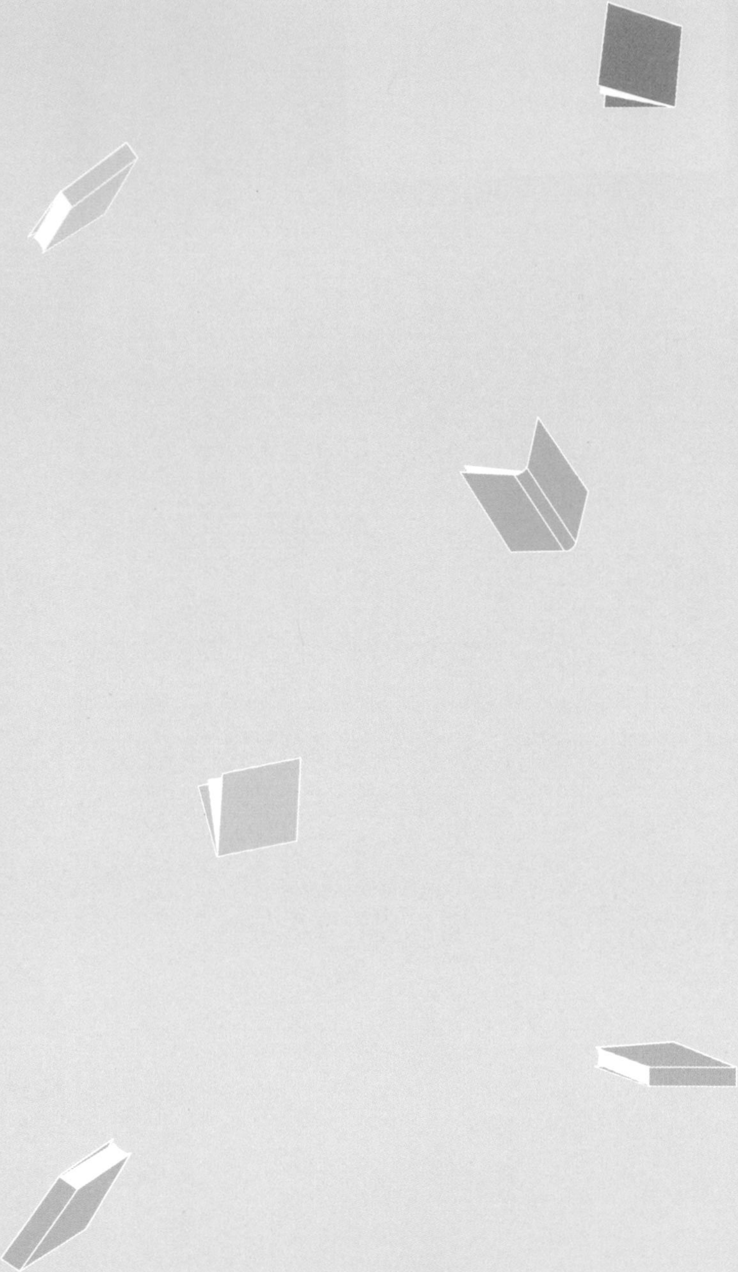

閱讀123

國家圖書館出版品預行編目資料

火龍家庭故事集 / 哲也文；水腦圖
-- 第二版 . -- 臺北市：親子天下，2018.01
96 面； 14.8x21 公分 . --（閱讀 123）
ISBN 978-986-95491-6-5（平裝）
859.6　　106018331

閱讀 123 系列 —— 001

火龍家庭故事集

作者｜哲也　繪者｜水腦
責任編輯｜蔡忠琦
美術設計｜林家蓁
行銷企劃｜王予農、林思妤

天下雜誌群創辦人｜殷允芃
董事長兼執行長｜何琦瑜
媒體暨產品事業群
總經理｜游玉雪　副總經理｜林彥傑
總編輯｜林欣靜　行銷總監｜林育菁
副總監｜蔡忠琦
版權主任｜何晨瑋、黃微真

出版者｜親子天下股份有限公司
地址｜台北市 104 建國北路一段 96 號 4 樓
電話｜（02）2509-2800　傳真｜（02）2509-2462
網址｜ www.parenting.com.tw
讀者服務專線｜（02）2662-0332　週一～週五：09:00~17:30
讀者服務傳真｜（02）2662-6048　客服信箱｜ parenting@cw.com.tw
法律顧問｜台英國際商務法律事務所．羅明通律師
製版｜中原造像股份有限公司
總經銷｜大和圖書有限公司　電話：（02）8990-2588

出版日期｜ 2007 年 9 月第一版第一次印行
2024 年 8 月第二版第二十五次印行
定　價｜ 260 元
書　號｜ BKKCD095P
ISBN ｜ 978-986-95491-6-5（平裝）

火龍家庭故事集

文 哲也
圖 水腦

目錄

火龍媽媽的母親節

每一年，有一天，當媽媽的都有個特權，可以悠悠閒閒，不被打擾，愛怎樣就怎樣。

包括火龍媽媽在內，也是一樣。

可是偏偏這一天，有個不識相的鐵甲騎士，揮劍闖進火龍的山洞裡來了。

「惡龍！」騎士從頭盔裡頭喊：「壽司吧。」

「什麼？」火龍媽媽正躺著磨指甲，一邊看雜誌。

騎士把頭盔摘下來。「我是說，受死吧！戴這玩意講話總是講不清楚。」

「唉，我還正在高興今天可以清清閒閒的。」火龍媽媽嘆口氣，把女性雜誌翻了一頁，眼都沒抬。「你回去好不好，今天是母親節耶。」

「真的嗎？」騎士忽然想到遠方故鄉的媽媽，眼眶都紅了。「可是如果我沒有娶到公主，回去我媽會不高興的。」

「那你就去娶啊，來找我幹什麼？當媒人嗎。」

「國王說要殺了惡龍，才肯把公主嫁給我。」騎士搔搔頭。

火龍媽媽只好把雜誌合起來，手伸

到背後，眉頭皺一下，拔下一片鱗片。

「拿去給國王，就說我死啦，以後別再來煩我。」

「可是這樣國王會相信嗎？」騎士接過來，半信半疑說。

火龍媽媽只好按下錄音機，慘叫一聲，然後把錄好的錄音帶交給騎士。

「這樣行了吧。」

騎士把頭盔戴上說：「燉蟹啦。」

「什麼？」

騎士脫下頭盔，把它給扔了。「我是說多謝了。」

然後，騎士想了想，又說：「母親節快樂。」

火龍媽媽臉紅了一下，從來沒有騎士對她說過好話。

馬蹄聲喀啦喀啦跑遠了。

火龍媽媽繼續舒舒服服的看雜誌，這是母親節，所有媽媽都有權利過得悠悠閒閒，不被打擾。

「媽！」小火龍大叫著，乒乒乒跑回家。悠閒的氣氛又沒了。

「媽，你還好嗎？」小火龍說：

「我在路上看到鐵甲騎士，他背上背著你的鱗片呢！」

「沒事。」火龍媽媽鼻孔冒著煙圈。「那是給他帶回去當母親節禮物的。」

媽媽就把騎士要娶公主有多難的事跟孩子說了。

小火龍難過起來。

「大家
都有禮物
送媽媽，
可是我想了
好幾天，還是
不知道今天該送你什麼好。」小火龍說著
就嚎啕大哭起來：「我是個不孝子！」

「唉。」媽媽嘆了口氣，小孩一吵，當媽媽的就別想清閒，就算是母親節也一樣。

「我不是說過了嗎，你用不著送媽禮物，只要長大當個有用的龍就行了。」

媽媽打算隨便安慰安慰他，
好趕快繼續看雜誌。

「怎樣才是有用的龍？」小火龍還不打算放媽媽走。

「就是……就是……起碼要會噴火。」媽媽說。

小火龍臉紅了。

他到現在還不會噴火，簡直就像長大還尿床一樣丟臉。

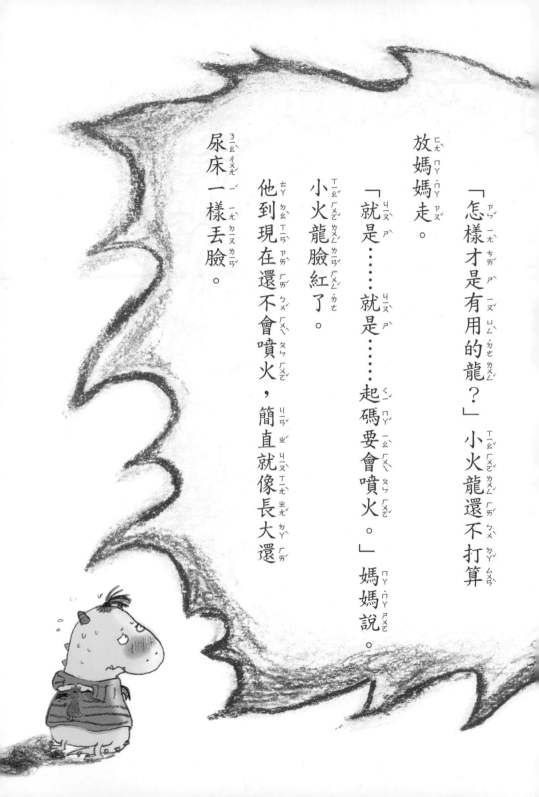

「怎樣才會噴火？」

「你要先讓胸口裡面暖暖的、熱熱的。」

「怎樣才會暖暖熱熱的？」

母親歪著頭想了想。

「這樣吧。」她吩咐小火龍出門辦幾件事。

「我碰巧知道有幾個媽媽，孩子都長大了不在身旁，你去幫她們幾個忙，就算是送我禮物了。」

火龍媽媽說。

於是小火龍出發了。

東邊山上，獨眼巨人媽媽的老花眼鏡丟了，小火龍帶著她去眼鏡行。

西邊森林，劍牙虎媽媽牙疼，小火龍帶她去看牙科醫生。

北方湖邊，獨角獸媽媽一個人很寂寞，小火龍幫她編了一個花圈，還陪她聊聊天。

南方礦坑裡，小矮人媽媽需要挖一個地洞當廚房，小火龍的爪子剛好幫得上忙。

N
E
W
S

傍晚，小火龍快樂的回家。

「媽！我回來了！」

「你現在心裡有沒有覺得暖暖熱熱的？」

小火龍感覺一下。幫助人以後，心就會暖暖的。

「嗯，有耶。」

「那你噴一下火試試。」

小火龍深深吸口氣……

轟！小火龍噴出一股火焰，把媽媽才看到一半的雜誌燒焦了。

「我會噴火了！」

小火龍抱住媽媽：「媽！母親節快樂！」

「這真是最好的母親節禮物了。」

媽媽含著淚說，心裡計畫著，明年她一定要再買一本新雜誌，然後躲到一個沒人找得到的山洞裡，過一個真正悠悠閒閒的母親節。

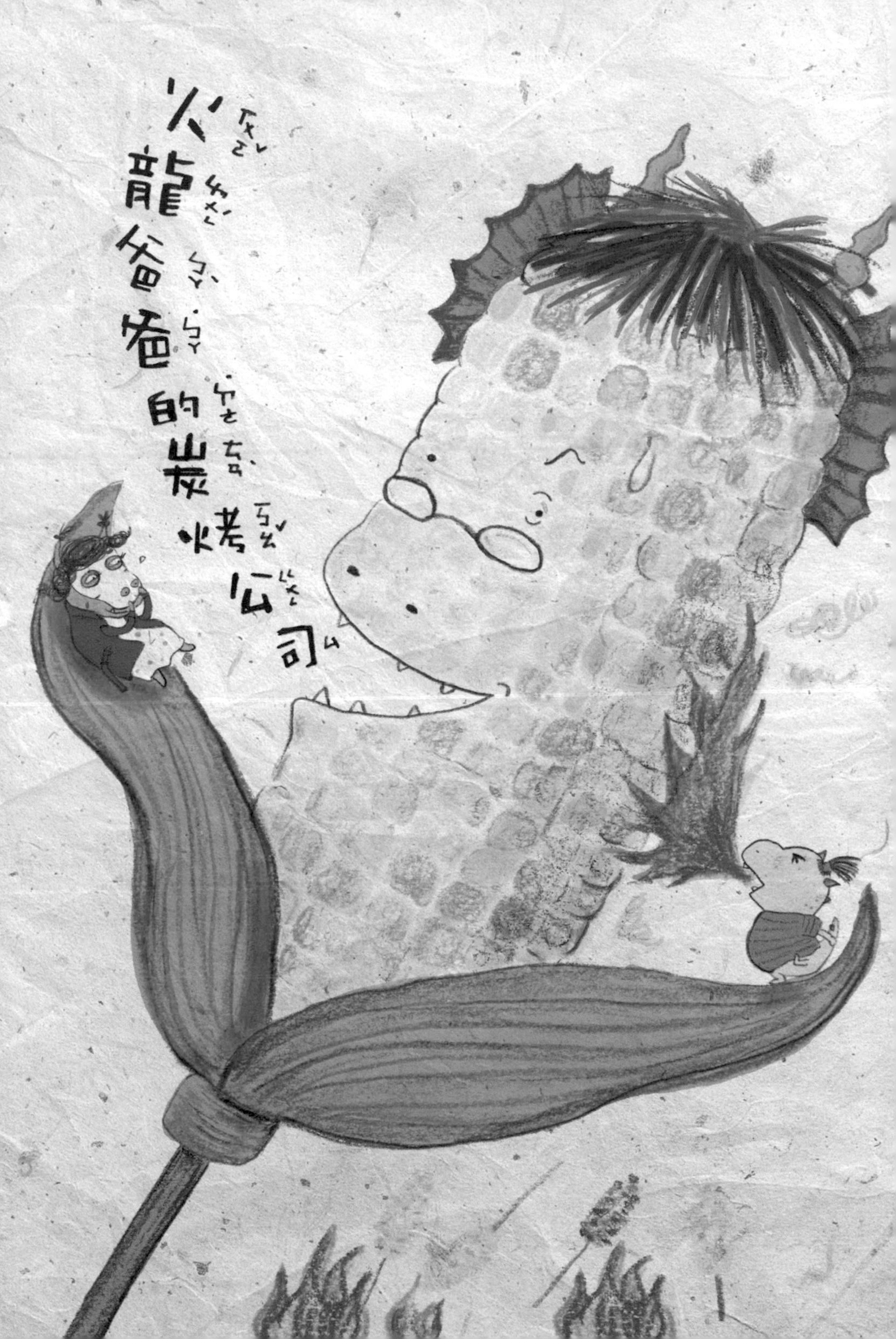
火龍爸爸的炭烤公司

「爸！我會噴火了！」小火龍抬起頭大叫。

高高的山崖上，第十三層的山洞中，會計小姐往下瞥了一眼，說：「拜託，你兒子又來了。」

火龍爸爸把眼鏡一擱，站起身來，走到洞口，往下瞧。

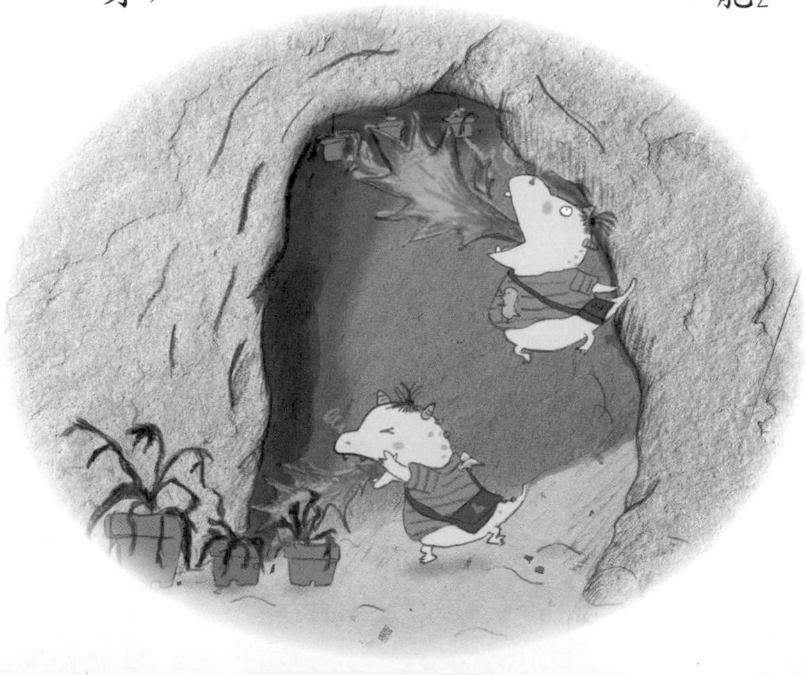

小火龍興高采烈站在公司一樓的大門口，門口的花圃都被他噴的火燒焦了。

「你看！我會噴火了！」轟，最後一盆花也沒了。

「咳，」火龍爸爸咳嗽幾聲，回頭瞄了一眼老闆的臉色，才說：「好，真棒，真厲害，不過呢，爸還要加班，你先回家表演給媽看。」

「媽已經看過了，她高興得都快哭了。」

「這樣啊，」老爸搔搔頭。「那世界上還有誰沒看過你噴火嗎？」

小火龍抬頭盯著夕陽想了半天，才想到。

「隔壁的龍小妹！」

「那趕快回去秀給她看！」

小火龍喜出望外，一蹦一跳的走了。

火龍爸爸回到工作崗位，看著堆積如山的工作，嘆了口氣。

會計小姐撥了撥算盤說：「你今天的加班費，用來賠那幾盆花錢剛剛好。」

火龍爸爸低著頭，什麼也沒說，敲敲肩膀，揉揉眼角，搓搓雙手，坐下來，從堆積如山的玉米串裡抓起一大把，丟進大烤箱裡。

然後他深吸了一口氣，準備開始給烤箱加熱，可是他只噴出一絲小火苗兒。糟糕。

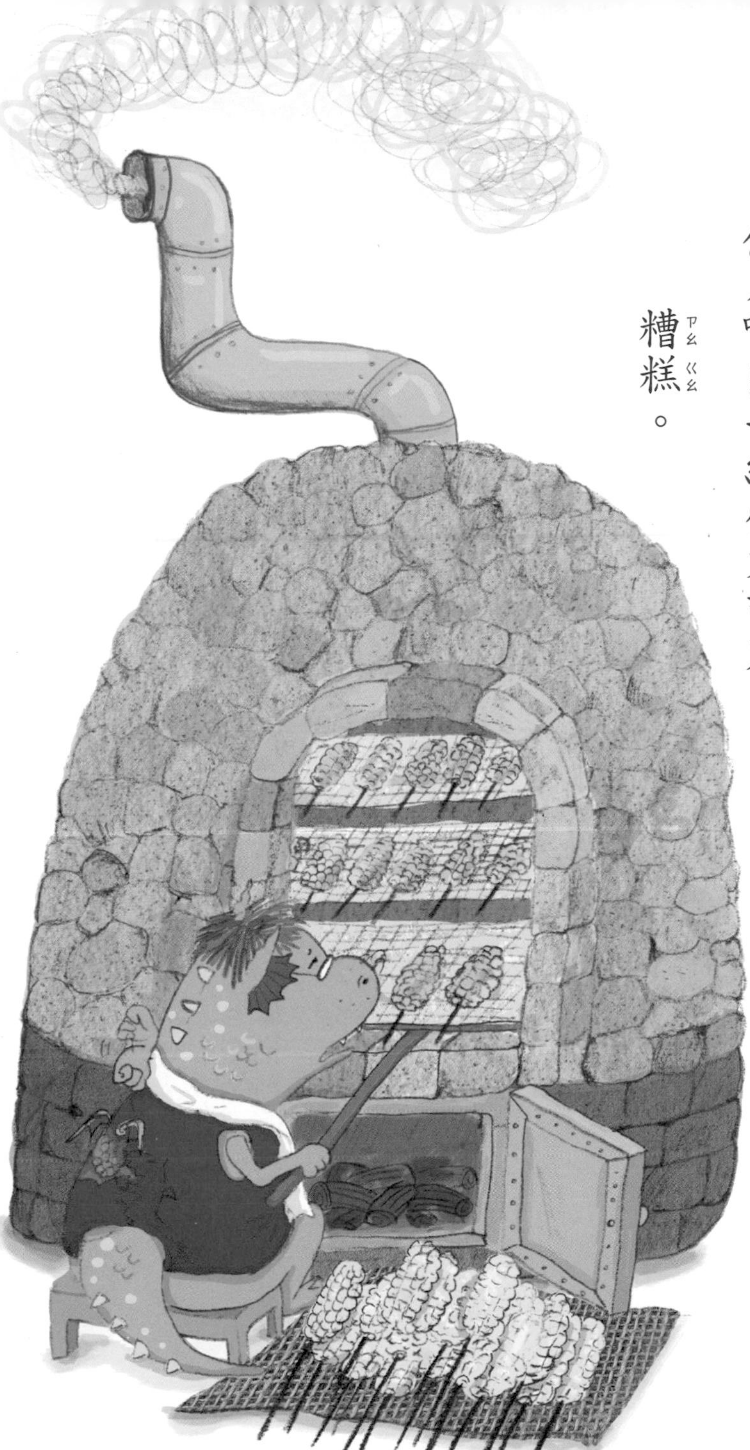

「怎麼啦？」從洞穴裡黑暗的最深處，探出一頭巨龍的大頭。「熄火了？」

「哈哈，老闆，」火龍爸爸急得滿頭大汗，但是越急越噴不出火來。「您今天這麼晚還沒下班。」

「這批烤玉米，」巨龍的鼻孔噴著煙圈兒。「明天皇宮裡的宴會就要用。你這樣很讓我擔心。」

可是，火龍爸爸還是只噴得出一點點火花。他喘著氣，覺得胸腔裡冰冰冷冷的，最近真的是太累了。

外面的天色已經暗了下來，公司的招牌亮了起來，「火龍炭烤玉米有限公司」幾個字閃閃發光，然而，玉米烤箱下面的炭火卻越來越黯淡。

「唉，最近生意越來越難做嘍。」巨龍老闆還喃喃念個不停。

「我看過一陣子，公司可能要轉型了。我打算招收一批年輕火龍，做城堡和城堡之間的快遞生意，到時候你就可以不用這麼累，到門口看門就行了。」

火龍爸爸嚇一跳。看門的薪水，可只有烤玉米的一半，以後小火龍的學費怎麼辦？

不行。我要加把勁。

他掏出皮夾子，拿出全家福照片，貼在烤箱上方。

看著親愛的家人，溫暖的感覺終於湧上心頭，他深吸一口氣……

轟！好壯觀的火焰，照亮了整個洞穴。

烤箱下的炭火熊熊燃燒起來。

火龍爸爸拎起小刷子，吹著口哨，在玉米串上塗甜辣醬。

烤玉米的香味，從這山崖上的洞穴飄了出來，飄散到星空下的曠野。

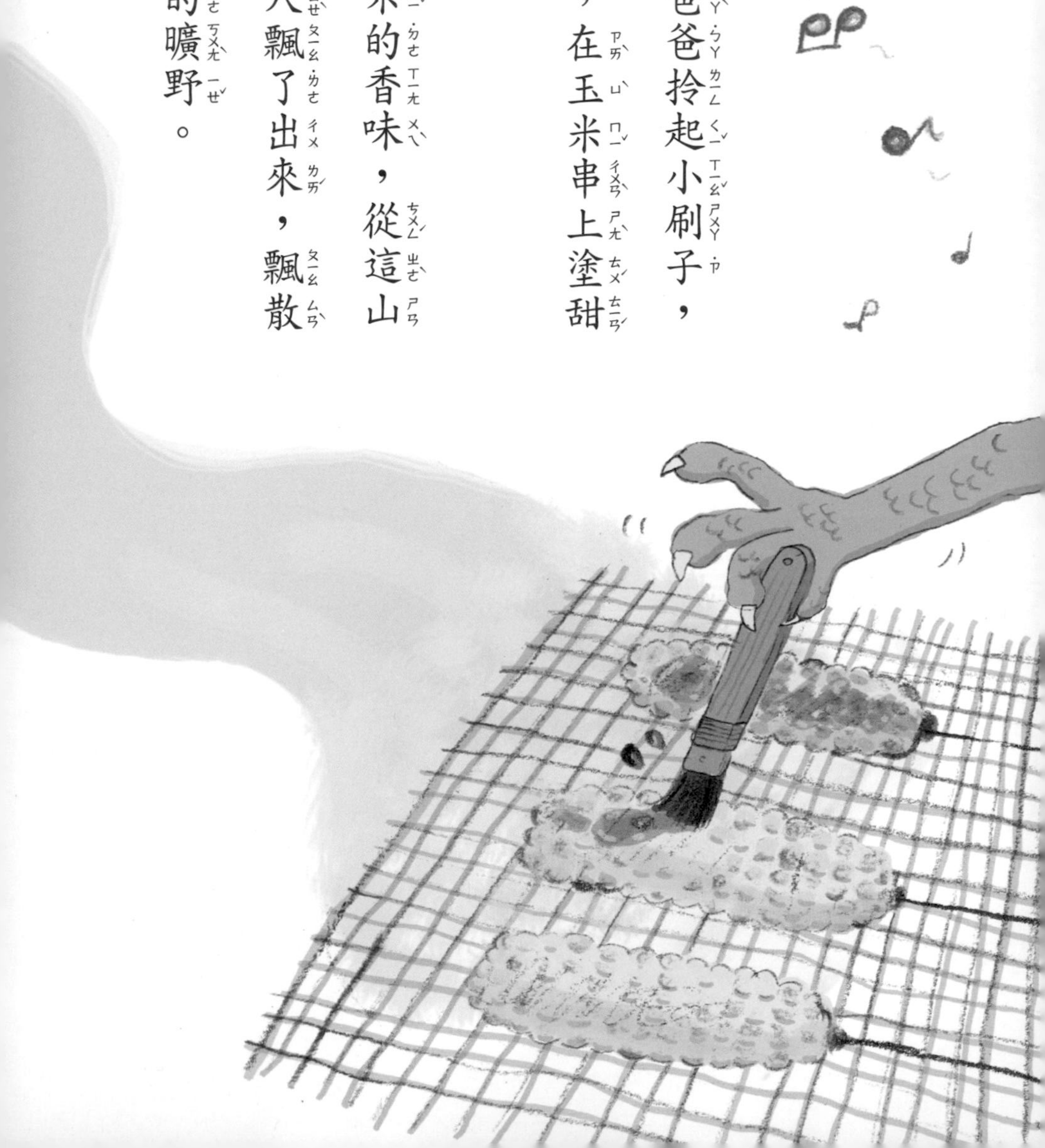

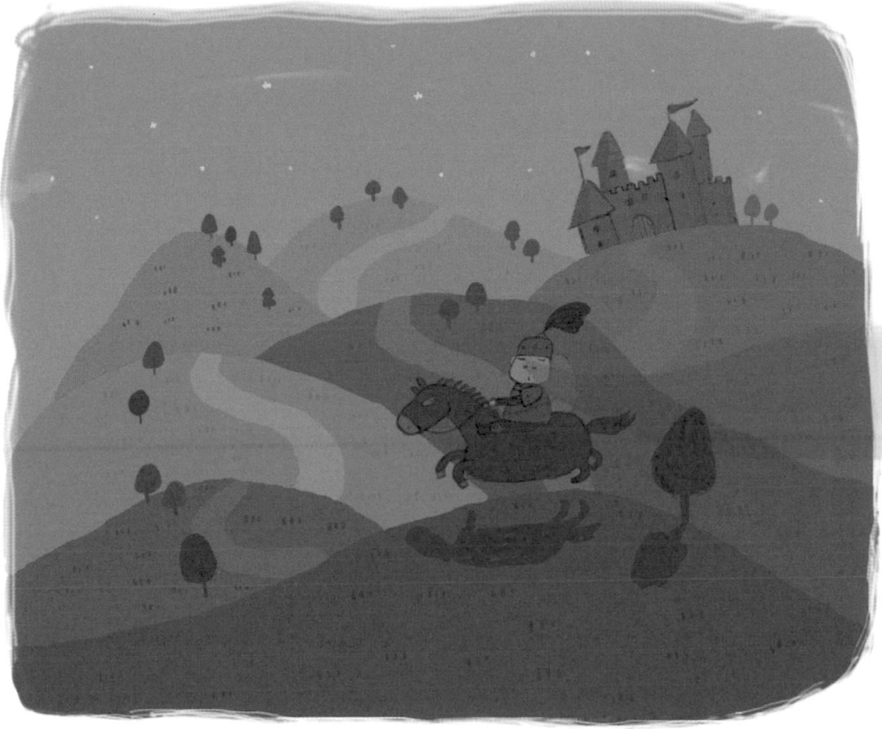

「嗯……」荒野中趕路的王子，聞到香味後，閉著眼，想起了家裡溫暖的爐火，暫時忘記行事曆中，還有多少位公主還沒救到。「還是先回家看看爸媽，吃頓家鄉菜吧。」

而在另一邊，火龍的山洞中……

「媽！」小火龍大哭著跑回來。

「這次又怎麼啦。」

火龍媽媽坐起身來，臉上敷著面膜。

真是的，連母親節最後幾個小時都不能享受享受。

「龍小妹說爸其實是個烤玉米的！」小火龍用他的髒爪子拉開媽媽的面膜，哭著說。

好幾百塊一張的保養面膜就這樣毀了。

「你別聽她胡說。」火龍媽媽嘆口氣，心裡埋怨小孩的爹，

誰叫他老愛在孩子面前吹牛，說自己是外商公司的總經理。

「我就跟龍小妹說，我爸有多厲害，她都不知道，」小火龍表演起他被欺負的實況過程。「我爸只要對著天空一噴火，連太陽都被烤黃了。」

「說得好，那她怎麼說？」

「她說會噴火算什麼，她爸有九個頭。」

「沒錯，她爸媽都是九頭龍。那你怎麼說？」

「我就沒話說了，我輸了。我給爸丟臉……」

小火龍大哭：

「我是個不孝子！」

「傻孩子。」火龍媽媽一手拎著面膜，一手拍著他的頭，說：「九頭龍雖然有九個頭，可是不會噴火，龍小妹的爸爸只好離開家，到很遙遠的地方去找工作，到現在還沒回來呢，你想想，她心裡有多難過？下次不要再跟她比爸爸了。」

「那比媽媽呢？」小火龍歪著頭。「你有什麼比得過她媽媽？」

火龍媽媽小心翼翼把面膜上的髒爪印剪掉，然後重新敷到臉上。

「起碼，敷臉的時候，我只要一張面膜。」火龍媽媽懶洋洋的說：「九頭龍呢，一次要敷九張臉，貴死了。」

這時候，熟悉的身影走進山洞裡。

「爸！」小火龍撲進爸爸的懷抱。「你終於下班了！」

火龍爸爸一邊摟著小火龍，一邊在媽媽臉上親了一下。

「母親節快樂！」爸爸笑著說。

黑黑的煤灰，在媽媽名貴的面膜上，又印了一大塊。

「算了。」媽媽把面膜一扔，跳起身來，抱著爸爸，親了親他黑黝黝的臉，聞著玉米香，忽然感覺母親節最快樂的時光，其實現在才開始呢。

小火龍的飛行

時間的巨人走起路來沒有聲音，卻走得很快。

一眨眼，十年就過去了。

十年後，母親節的那一天……

「媽！我回來了！」小火龍推開門大叫。

他現在已經是個帥氣的年輕人了。

可是家裡靜悄悄的。

一個人也沒有。

過期的雜誌丟滿地，髒碗盤在水槽裡沒人洗。

「爸？」小火龍往深深的火龍洞裡走。「媽？」

小火龍走進爸媽的臥房，房裡空蕩蕩的，卻擺滿了小火龍小時候的照片。

從小火龍小時候尿褲子的照片、跌破頭的照片、抓壞沙發、打破花瓶、踩髒地毯、踢破

玻璃的照片……一直到會噴火以後，燒光對面山頭整座樹林的照片，每一張都可愛極了。

爸媽一定很想念我。小火龍低著頭想。

自從三年前被爸媽送出國讀書以後，他都沒有回來看爸媽。

爸媽一定是難過得離家出走，不想再見我了。

「我是個不孝子！」

小火龍一邊哭，一邊捶著門，啪，門板裂成兩半。這時候外頭傳來一聲尖叫。

是媽媽的聲音。

小火龍飛奔出去，看到鐵甲騎士揮著劍、騎馬衝進森林裡。

「壽司吧！」騎士大喊。

小火龍飛快跑進森林，一口把騎士從馬背上叼起來。

「啊！」火龍媽媽在大樹下尖叫。

「媽，別怕！」小火龍說：「我包紅豆泥。」

「什麼？」媽媽歪著頭。

「卡！卡！」火龍爸爸跑出來大喊。「天啊，這鏡頭已經拍十次了。」

大樹後面的攝影小組也都唉聲嘆氣。

小火龍張大了眼，頭一歪，一不小心把騎士給吞了下去。

「什麼紅豆泥？」媽媽還在問。「你買了吃的回來嗎？」

「我是說，我保護著你。」小火龍解釋：「嘴裡叼了個騎士講話講不清楚。」

「你要回來怎麼不先通知一聲？」爸爸一邊重新裝底片一邊問。「我們很忙的。」

「真是的，我還以為你們很想念我呢。」小火龍說。

「想啊想啊，」媽媽說：「不過你真的沒帶吃的回來嗎？」媽媽拍片拍了一天，好餓。

「你們在忙什麼啊？」

「你爸拿退休金自己做起生意來了，」媽媽揉著肚皮說：「連廣告也自己拍。真是閒不下來。」

「你們待會兒再聊可以嗎？」火龍爸爸指揮著大家說：「快快快，趁太陽下山前，我們再重拍一遍。大家各就各位。咦，騎士呢？」

小火龍倒掛在樹上，折騰了好久，才把騎士給吐了出來。

暈頭轉向的騎士把黏答答的盔甲擦乾淨，重新騎上馬，揮著劍，衝進森林，朝火龍媽媽大喊：「壽司吧！」

「啊！」媽媽假裝很害怕。「饒命啊，英雄，今天是母親節呢！」

「真的嗎？」騎士丟下劍。

「啊！我好想念我那家鄉的媽媽，還有她做的烤玉米。」

「別傷心，嚐嚐這個！」

火龍媽媽從圍裙口袋裡拿出新產品，對著鏡頭咧嘴笑。「火龍牌炭燒口味玉米脆片！家鄉風味，媽媽小孩都愛吃！」

「卡！」

「導演，這次行不行？」媽媽對爸爸拋媚眼。

「太棒了。」火龍爸爸滿意的擦著老花眼鏡說：「女主角真是選對人了。」

「那可以收工去吃飯了嗎？」

「等一下，我們還有一場戲呢。」

「還有一場戲？」媽媽翻著劇本。

明明就已經拍完了啊。

「就是所謂的幕後花絮嘛。現在很流行的。」火龍爸爸在媽媽耳邊交代了幾句。

「喔。」媽媽瞄了小火龍一眼，點點頭。

太陽快下山了。

火龍爸爸在森林中央的空地上，堆好一座柴火，然後走過來拍拍小火龍的肩膀。

「兒子啊，借個火。」

小火龍沒想到爸媽已經老到噴不出火，心頭忍不住一酸。

他點點頭，深深吸了一口氣……

「一點點火就行了，」爸爸趕緊交代：「可別把整座

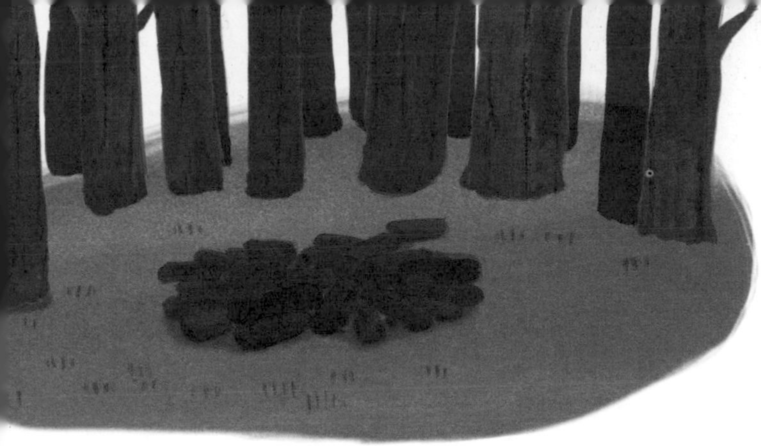

林子都燒了。」

小火龍紅著臉，看了爸爸一眼。

「你現在是個大孩子了，」爸爸從老花眼鏡後面瞧著他。「不是個粗心大意的寶貝蛋啦，總得知道要怎麼控制自己。」

「爸，我今天跑回來，就是因為……」

「待會兒再說吧。」爸爸又拍拍他的頭。

小火龍輕輕吸了一口氣。

轟！營火點燃了。

「好，開拍！」爸爸一聲令下，攝影機開始運轉。

火龍媽媽和鐵甲騎士坐在營火旁，一邊吃著火龍牌炭燒口味玉米脆片，一邊閒聊著。

「十年前，就聽你說要

去娶公主，」火龍媽媽問他：「怎麼現在還來當臨時演員？」

「因為國王說，要等我存滿十枚金幣，才把公主嫁給我。」騎士說：「我只好到處打工了。」

「等你存夠錢，公主不都老了。」

「那也沒辦法。我如果沒有娶到公主，回去我媽會不高興的。」

火光映照著騎士的英俊臉龐，一滴淚水滑落下來。

「傻孩子，」火龍媽媽溫柔的說：「就算你一事無成，你媽媽還是會在家鄉等著你回去的。」

「真的嗎？」騎士淚眼汪汪抬起頭來。

「不管你有沒有成功，你媽一定會很高興看到你回家。」

「真的嗎？」騎士轉頭，看著夕陽餘暉。

「而且，不管你闖了什麼禍，也是一樣。」火龍媽媽回頭朝小火龍眨眨眼。「就算燒掉了整座火龍學園也是一樣。」

小火龍張大了眼睛。

原來爸爸媽媽早就知道了。

火龍爸爸站在攝影機旁，慈祥的微笑著，把翼手龍快遞送來的退學通知書，在小火龍眼前晃了晃，又收進口袋裡。

「我不是故意的。」

小火龍低下頭。

火龍爸爸點點頭。

營火邊，騎士背起寶劍，拎著

頭盔，跨上馬背，回頭對火龍媽媽說：「謝謝你，你真是我見過最好心的火龍。」

媽媽笑咪咪，點點頭。

「那麼，我回家去了，再會了！」

「再會了。」火龍媽媽站起來揮手，看著騎士騎著馬朝夕陽奔去，忽然又大喊：「啊！」

「什麼事？」騎士在遠方回頭喊。

「別忘了！」火龍媽媽的聲音在曠野上飄蕩著：「

火龍牌玉米脆片還有青椒、奶油和可可亞三種口味！每一種都很好吃喔！」

騎士抓抓頭，轉身消失在地平線上。

「哈哈哈！」火龍爸爸呵呵大笑。「卡！」

「這廣告片一定會很成功。」

攝影小組把器材裝上馬車，臨走前對火龍爸爸說。

「不成功也沒關係。」火龍爸爸摟著家人往回家的路上走。「我們已經有美好的回憶了。你說是不是，太太？」

「是啊是啊，不過下次如果有準備便當，那就更好了。」火龍媽媽說：「孩子啊，你真的沒有帶紅豆餅什麼的回來嗎？」

「媽，我這就去買給你。」

小火龍鼓起翅膀，呼——的飛上天空。

爸媽都看傻了眼。

「原來火龍可以飛。」爸說。

「看來學校教得不錯。」媽說。

「嗯，學費沒白花……」

「可惜被退學了……」

「過兩天再找個好學校送他去。」

「那我們不就又要天天想念他？」

「噓，別讓他聽到。我們多找點事做做就好了。」

兩隻火龍走出森林，看著兒子往遠方飛去，慢慢踩著夕陽的餘暉，走回家。

作者的話

嘻嘻哈哈 閃閃亮亮

◎哲也

時間的巨人走起路來沒有聲音，可是卻走得很快。

記得小時候，過新年，媽媽拿著一本全新的日曆，一邊翻，一邊告訴我們說：

「別看這本日曆這麼厚，很快就會撕到最後一頁的喔。」

媽說得沒錯。

的確，雖然每天只撕一頁，但是那一年，很快就過完了。

而且，那一年，很快就距離現在很遠很遠了。

當時近在眼前的全新日曆，已經變成「很久很久以前」的一本日曆了。

草原上的風吹拂著。

城堡裡，公主輕輕哼著歌。

王子坐在樹下，看著雲朵間的陽光。

火龍在深深的山洞裡睡得很甜。

時間巨人並不知道，有些事情是不會改變的。

在我們的心裡深處，最光亮的地方，沒有時間。

我覺得呢，這個世界，只是我們的心播放的電影，就像草原上的風，像歌聲飄過，像陽光閃爍，像火龍的一場夢……

所以，我們可以唱歌，我們可以跳舞，可以笑得在地上打滾，就像我們小時候在爸媽跟前的時候一樣。如果有人不開心，我們就可以寫一些嘻嘻哈哈的孩子氣故事，給大家看，比方說寫一隻亂噴火的小火龍，和三三八八的火龍媽媽……

然後，希望這些傻氣的故事，能夠引起一點笑聲，然後，這笑聲感染全宇宙，然後，喜悅就流過每個人心田……

最後，我們把這些閃閃亮亮的快樂，獻給所有的父親和母親。

繪者的話

水腦奇遇記——我與火龍的相遇

◎水腦

一直很喜歡童話故事。我常常恍神，而那正是個需要恍神才能想像的世界。這本奇妙的火龍故事，字裡行間流露的幽默讓人捧腹。看到稿子，腦子裡奇奇怪怪的畫面，亂七八糟堆疊湧現，這作家在想什麼啊……，邊笑著碎碎念著的同時，畫筆也跟著動起來。

火龍上身的那段時間，總是腰痠背痛，週末也足不出戶，活像隻窩在洞穴的肥龍。現在小火龍終於活跳跳誕生，人家說幼稚性強的人最沒耐性，那不就是在說我嗎？真不敢相信沒耐性的我，可以畫完一整本書。

感謝編輯三天兩頭連哄帶騙的軟性施壓，還有在遠方支持我的可愛家人。幾個應該

回鄉團聚的連假，我都獨自看著火龍一家子和樂融融，難怪都說創作者總是孤獨的。喝！下次回家我手上就多了這本《火龍家庭故事集》做為因公繁忙不克返鄉的鐵證啦。

我喜歡一切讓我笑的東西，這本書的文字已經在第一時間逗樂了我，配上圖之後，如果更能取悅一些大朋友小朋友，何嘗不是種簡單的輝煌！在這小小的、沒頭沒臉的人生裡，還有機會把握一些什麼，真的覺得很開心。

2005　《小巫婆的心情夾心糖》之〈企鵝爸爸父親節快樂〉插畫、〈小熊兄妹的快樂旅行〉插畫（天下雜誌童書出版）

2006　《TV美食日語—聽力live大作戰》插畫（笛藤出版）

2006　《別和外表過不去》插畫（天下雜誌出版）

2006　獲《插畫市集301》介紹（三采出版）

2007　《教小孩學好英文》插畫（天下雜誌出版）

2007　《愛美不花錢》漫畫（遊目族出版）

讓孩子輕巧跨越閱讀障礙

◎親子天下執行長　何琦瑜

在臺灣，推動兒童閱讀的歷程中，一直少了一塊介於「圖畫書」與「文字書」之間的「橋梁書」，讓孩子能輕巧的跨越閱讀文字的障礙，循序漸進的「學會閱讀」。這使得臺灣兒童的閱讀，呈現兩極化的現象：低年級閱讀圖畫書之後，中年級就形成斷層，沒有好好銜接的後果是，閱讀能力好的孩子，早早跨越了障礙，進入「富者越富」的良性循環；相對的，閱讀能力銜接不上的孩子，便開始放棄閱讀，轉而沉迷電腦、電視、漫畫，形成「貧者越貧」的惡性循環。

國小低年級階段，當孩子開始練習「自己讀」時，特別需要考量讀物的文字數量、字彙難度，同時需要大量插圖輔助，幫助孩子理解上下文意。如果以圖文比例的改變來解釋，孩子在啟蒙閱讀的階段，讀物的選擇要從「圖圖文」，到「圖文文」，再到「文文文」。在閱讀風氣成熟的先進國家，這段特別經過設計，幫助孩子進階閱讀、跨越障礙的

「橋梁書」，一直是不可或缺的兒童讀物類型。

橋梁書的主題，多半從貼近孩子生活的幽默故事、學校或家庭生活故事出發，再陸續拓展到孩子現實世界之外的想像、奇幻、冒險故事。因為讓孩子願意「自己拿起書」來讀，是閱讀學習成功的第一步。這些看在大人眼裡也許沒有什麼「意義」可言，卻能有效引領孩子進入文字構築的想像世界。

天下雜誌童書出版，在二〇〇七年正式推出橋梁書【閱讀123】系列，專為剛跨入文字閱讀的小讀者設計，邀請兒文界優秀作繪者共同創作。用字遣詞以該年段應熟悉的兩千個單字為主，加以趣味的情節，豐富可愛的插圖，讓孩子有意願開始「獨立閱讀」。從五千字一本的短篇故事開始，孩子很快能感受到自己「讀完一本書」的成就感。本系列結合童書的文學性和進階閱讀的功能性，培養孩子的閱讀興趣、打好學習的基礎。讓父母和老師得以更有系統的引領孩子進入文字桃花源，快樂學閱讀！

橋梁書，讓孩子成為獨立閱讀者

◎中央大學學習與教學研究所榮譽教授　柯華葳

獨立閱讀是閱讀發展上一個重要的指標。幼兒的起始閱讀需靠成人幫助，更靠圖畫支撐理解。許多幼兒有興趣讀圖畫書，但一翻開文字書，就覺得這不是他的書，將書放在一邊。為幫助幼童不因字多而減少閱讀興趣，傷害發展中的閱讀能力，天下雜誌童書編輯群邀請本地優秀兒童文學作家，為中低年級兒童撰寫文字較多、圖畫較少、篇章較長的故事。這些書被稱為「橋梁書」。顧名思義，橋梁書就是用以引導兒童進入另一階段的書。其實，一本書容不容易被閱讀，有許多條件要配合。其一是書中用字遣詞是否艱深，其次是語句是否複雜。最關鍵的是，書中所傳遞的概念是否為讀者所熟悉。有些繪本即使有圖，其中傳遞抽象的概念，不但幼兒，連成人都可能要花一些時間才能理解。但是寫太熟悉的概念，讀者可能覺得無趣。因此如何在熟悉和不太熟悉的概念間，挑選適當的詞彙，配合句型和文體，加上作者對故事的鋪陳，是一件很具挑戰的工作。

這一系列橋梁書不說深奧的概念，而以接近兒童的經驗，採趣味甚至幽默的童話形式，幫助中低年級兒童由喜歡閱讀，慢慢適應字多、篇章長的書本。當然這一系列書中也有知識性的故事，如《我家有個烏龜園》，作者童嘉以其養烏龜經驗，透過故事，清楚描述烏龜的生活和社會行為。也有相當有寓意的故事，如《真假小珍珠》，透過「訂做像自己的機器人」這樣的寓言，幫助孩子思考要做個怎樣的人。

【閱讀123】是一個有目標的嘗試，未來規劃中還有歷史故事、科普故事等等，且讓我們拭目以待。期許有了橋梁書，每一位兒童都能成為獨力閱讀者，透過閱讀學習新知識。

閱讀123